El viejo carpintero Gepetto construyó un
muñeco de madera al que llamó Pinocho.
Era tan perfecto, que un hada premió su
bondad dando vida al muñeco.

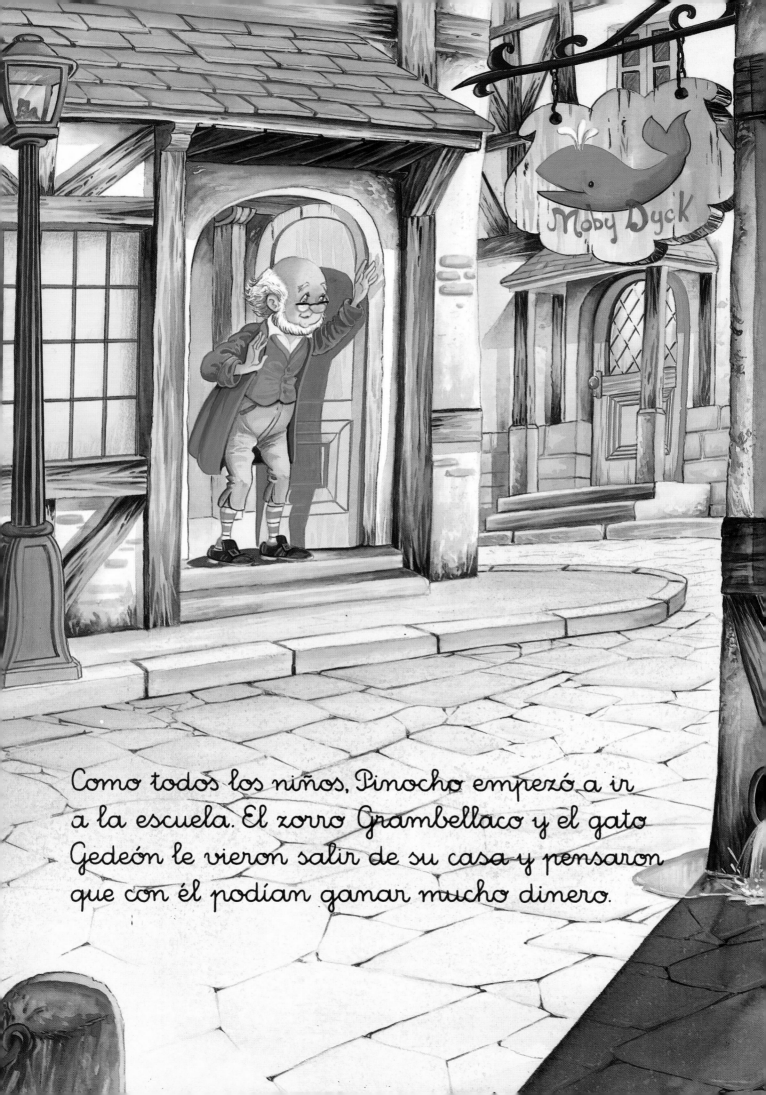

Como todos los niños, Pinocho empezó a ir a la escuela. El zorro Grambellaco y el gato Gedeón le vieron salir de su casa y pensaron que con él podían ganar mucho dinero.

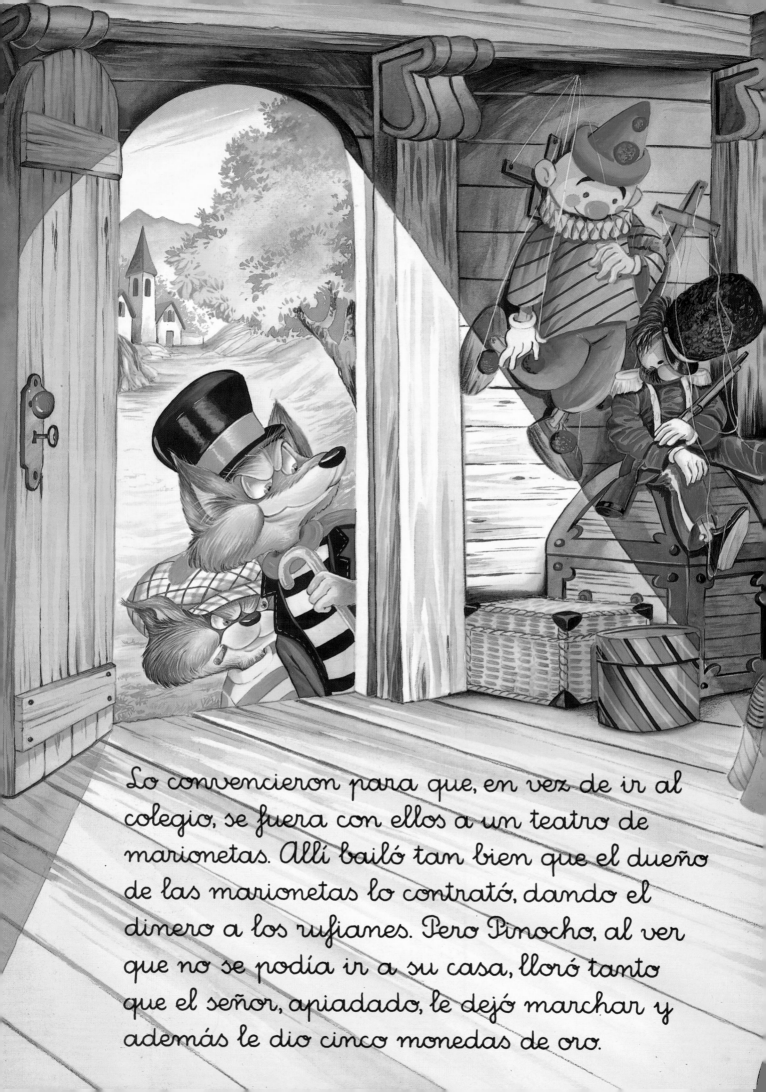

Lo convencieron para que, en vez de ir al colegio, se fuera con ellos a un teatro de marionetas. Allí bailó tan bien que el dueño de las marionetas lo contrató, dando el dinero a los rufianes. Pero Pinocho, al ver que no se podía ir a su casa, lloró tanto que el señor, apiadado, le dejó marchar y además le dio cinco monedas de oro.

Volvía Pinocho a su casa muy contento, pensando en darle el dinero a Gepetto, cuando el gato y el zorro, que lo habían visto pasar, lo llamaron y le dijeron que si se iba con ellos ganaría mucho más dinero.

Pinocho, que no conocía la maldad,
volvió a caer en la trampa.
Cuando estuvieron lejos de la ciudad,
el zorro y el gato le robaron y lo
dejaron colgando de un árbol.

Por fortuna, su hada, que siempre estaba cerca de él, lo bajó del árbol y se lo llevó a su casa. Le curó la pierna y le hizo prometer que iría al colegio sin distraerse con otras cosas.

Pero de nuevo desobedeció Pinocho y se fue con unos niños al País de los Juguetes. Le costó mucho salir de allí porque el malvado Strómboli vigilaba para que ningún niño se fuera.

Por fin, volvió a su casa, pero Gepetto no estaba. Había ido a buscar a Pinocho y una ballena se lo había comido. Pinocho se fue al mar y consiguió sacar a Gepetto de la barriga de la ballena.

Cuando llegaron a la orilla, el hada perdonó
a Pinocho todas sus faltas y lo convirtió en
un niño de verdad. Ya nunca volvió a
desobedecer. Gepetto y él vivieron felices y
no se separaron nunca más.